BUSINESS

ANDRÉ-VICTOR ALBERT

BUSINESS

(ON EST DES LIONS)

Édition : BoD – Books on Demand
12/14 rond-point des Champs-Élysées, 75008 Paris
Impression : Books on Demand GmbH, Norderstedt, Allemagne
ISBN : 978-2-3222-1290-3
Dépôt légal : février 2020

« Qu'on soit de la balance ou du lion,
on s'en balance on est des lions ! »

(LEO FERRE, *VINGT ANS*)

Pierre Paul Prud'hon, *La Justice et la Vengeance divine poursuivant le Crime.* 1808. Huile sur toile, 244 x 294 cm. Musée du Louvre, Paris.

« La Justice divine poursuit constamment le Crime ; il ne lui échappe jamais. Couvert des Voiles de la nuit, dans un lieu écarté et sauvage, le Crime cupide égorge une victime, s'empare de son or, et regarde encore si un reste de vie ne servirait pas à déceler son forfait. L'insensé ! Il ne voit pas que Némésis, cette agente terrible de la Justice, comme un vautour fondant sur sa proie, le poursuit, va l'atteindre et le livrer à son inflexible compagne. »

AVERTISSEMENT

Ce roman est volontairement court.

On pourrait plutôt parler d'une histoire racontée.

Il est écrit un peu sous forme d'un scénario car il est destiné au cinéma.

Les scènes se succèdent au gré des pays dans lesquels se passe l'action afin que les producteurs qui le liront aillent à l'essentiel et pensent que les spectateurs seront étonnés et courront voir le film.

On laisse le lecteur imaginer quels acteurs pourraient incarner les deux brillants avocats mais dénués de moralité mis en scène dans cette histoire à rebondissements.

Moi, je sais qui pourrait tourner.

Et je vous le dis pour caractériser encore plus les personnages et que le lecteur les visualise en lisant ces pages.

Gérard Depardieu EST Simon.

Gérard Lanvin EST Cody.

Pour les personnages féminins, laissons courir l'imagination vers les plus belles filles canons qu'on puisse trouver.

Avec cette écriture raccourcie, les acteurs, scénaristes et producteurs de cinéma n'auront pas à lire des pages et des pages racontant de scènes qui ne se tourneront d'ailleurs pas car tout sera réécrit par les spécialistes qui garderont l'ossature car elle est bonne.

Je crois que si cette histoire est un jour adaptée au cinéma, elle sera encore plus palpitante si elle est tournée par un réalisateur de talent avec des acteurs charismatiques.

Il s'en passe des vilaines choses dans ce monde du business et des avocats sans moralité…

On va les découvrir.

C'est une histoire au surplus à peine romancée ce qui est encore plus terrible.

André-Victor ALBERT
Paris

PROLOGUE

Voici le début de cette histoire, de ces histoires pourrait-on mieux dire.

Simon et Cody étaient tous deux Avocats depuis une trentaine d'années. Ils ont dépassé la cinquantaine.

Simon est de confession israélite et dispose de la double nationalité israélienne et française.

Cody est de père américain et de mère française.

Il dispose de la double nationalité américaine et française.

Il est de confession catholique par son père et baptiste par sa mère.

Ils se sont respectivement inscrits au barreau de Paris et de Tel Aviv pour Simon et de Paris et New York pour Cody.

Ils se sont spécialisés en contrats internationaux axés sur le pétrole et l'immobilier.

Pour s'associer, ils ont constaté qu'ils se ressemblaient en ce qu'ils aiment l'argent, le luxe et les jolies filles ainsi que les coups tordus en affaires.

Ils ont promis de ne pas être trop escrocs l'un envers l'autre.

Difficile avec leur passé, mais enfin « essayons et on verra bien » se sont-ils dit.…

Leur cabinet d'avocats dans un Hotel particulier place de l'Etoile à Paris, au top des cabinets parisiens était prospère mais une affaire frauduleuse les ayant beaucoup enrichi a mal tourné.

On dit « était prospère » car le Cabinet a du fermer sur ordre conjoint du Procureur de la République de Paris et du Batonnier de l'Ordre des avocats.

C'était donc grave…

Au début de cette histoire, Simon est en prison, condamné par le tribunal correctionnel de Paris.

Il a été radié du Barreau mais a bien l'intention de recommencer à exercer dans les affaires internationales, notamment les paradis fiscaux dont il s'était fait une spécialité avec Cody et ce quand il sera libéré.

Il a été l'instigateur avec Cody d'un montage financier compliqué basé sur « l'escroquerie à la charité ».

Taper dans la caisse d'un orphelinat pour ses dépenses personnelles excessives, très excessives, c'est répréhensible.

C'est un délit en général combiné avec d'autres délits tels que l'abus de confiance et la fraude fiscale, voire l'association de malfaiteurs en bande organisée si on est plusieurs.

Ils ont détourné environ 50 millions de dollars dans le cadre d'une association africaine qu'ils ont montée laquelle gérait un orphelinat au CAMEROUN.

C'est surtout Simon qui s'en est occupé et d'ailleurs il n'y a que lui qui apparaissait officiellement.

Il fallait diviser les risques et Cody n'y a pas mis la main, tout du moins en apparence.

Les donations reçues pour la construction et la gestion de cet orphelinat ont été en grande partie détournées par des astuces comptables.

Et en plus vers des paradis fiscaux que connaissent bien les deux avocats car ils les utilisaient pour leurs clients parfois douteux.

Aucune moralité vous disait-on…

Cela s'appelle aussi de l'abus de confiance car ce n'est pas bien de détourner l'argent d'une ONG, en théorie sans but lucratif, à des fins personnelles, même si c'est contesté bien sur…

Lorsque le pot aux roses a été découvert à la suite d'une

plainte d'un donateur qu'ils n'ont pu étouffer, ils ont convenu ensemble que Simon assumerait la responsabilité pénale personnelle de l'opération et ferait sa peine de prison.

En sortant il retrouverait le pactole que Cody lui aura gardé, mais qui sera majoré de 20 % au profit de Simon pour avoir passé quelques mois en prison et s'être fait radié de la profession d'Avocat.

70 % du magot caché pour Simon et 30 % pour Cody.

50 millions détournés, cela fera 35 millions pour Simon et 15 millions pour Cody.

Il fallait en effet compter sur les recettes d'honoraires qu'engrengerait Cody qui continuerait son activité lucrative d'avocat quand Simon croupirait en prison…

Et on ne savait pas combien de temps…

Interessant non ?

En somme, c'était le prix du silence de Simon sur la complicité pénalement répréhensible de Cody qui n'a pas été poursuivi et a continué à mener grand train de vie en continuant à s'enrichir avec son métier…

Mais avec cynisme, Cody ne le paiera pas et continuera son activité d'Avocat international, laissant son ancien associé en prison et sans que celui-ci retrouve les 35 millions de dollars qu'il lui devait à la sortie de la Santé…

Simon devra à la fois :

Rechercher ce pactole dans le monde entier en poursuivant Cody jusqu'au bout, le traquant dans les paradis fiscaux, les palaces et endroits à la mode, tout en continuant à exercer son métier d'Avocat, même s'il n'en a plus le titre, dans les affaires internationales où justement il croisera son ancien associé.

Et qui dit qu'ils ne referont pas d'affaires ensemble ?

PRISON DE LA SANTE

Simon est resté 12 mois en préventive le temps de l'instruction de son dossier dans le cadre de l'escroquerie à la charité au détriment de l'orphelinat du CAMEROUN.

Le Juge d'Instruction a du en effet faire diligenter une enquète sur place par la police camerounaise qui ne s'est pas montrée très coopérative.

La corruption de celle-ci peut-être ?

Simon ne doit pas être y étranger mais allez savoir…

L'Afrique, c'est parfois difficile de comprendre qui fait quoi, comment et pour qui…

En tous cas cela a permis à Simon de protester depuis sa prison contre la longueur de l'Instruction pénale en demandant sa liberté.

La jurisprudence française le permet.

Il menaçait au surplus de saisir la Cour de Justice de l'Union Européenne pour détention préventive anormalement longue en vue de faire condamner l'Etat français !

Après tout, même de dangereux terroristes ont utilisé cette voie de droit si démocratique…

La France, « pays des droits de l'homme », dit-on.

Ce qu'il y a de pire, c'est qu'il était lui-même responsable de la longueur de l'instruction pénale car il continuait de manipuler la police et la Justice camerounaise pour qu'elle ne transmette pas les éléments du dossier en France.

Il ralentissait l'instruction et se plaignait de sa longueur pour se faire libérer !

Trop forts ces avocats…

Même si en l'epèce cela n'a pas marché.

Voyant le piège juridique, le Juge d'Instruction avait fini par terminer son travail pour que Simon soit renvoyé en Correctionnelle pour être jugé.

En attendant son procès, en prison, sa profession d'ancien Avocat, même radié, l'a conduit à devenir un notable au regard des autres détenus mais également des gardiens puisqu'il donnait des consultations juridiques à tour de bras.

Un Avocat en prison ? Radié du barreau en plus ?

C'est surement qu'il s'est rompu à des malversations pensent les détenus toujours avides d'histoires crapuleuses dans lesquelles les autorités publiques se font rouler.

Un malfrat est toujours en admiration devant un filou des affaires ou un gangster réputé quoiqu'il ait fait, pourvu qu'il ne s'agisse pas d'agressions sexuelles ou de pédophilie.

Le voyou aime la loi du plus fort et les combines qui marchent !

Simon a été condamné à de la prison ferme par le Tribunal correctionnel pour escroquerie à la charité mais finalement pas tant que cela car les preuves n'avaient pas pu être toutes réunies par le Procureur de la République si bien que l'audience s'était retournée contre celui-ci !

Le Tribunal a retenu une partie des délits simplement, rejetant l'abus de confiance, la fraude fiscale et le délit en bande organisée, ne retenant que l'escroquerie.

Le doute profite à l'accusé comme le dit le code pénal…

Cody n'a pas été inquiété car lors de l'instruction il a pu prouver que c'est uniquement Simon qui a traité l'affaire ce qu'a confirmé son associé lors de l'enquête préliminaire.

Aucune trace de son activité au Cameroun n'a été retrouvée.

L'orphelinat existait plus ou moins mais de façon assez minable bien que pour les donateurs qui versaient leur obole, une partie était correcte :

Elle permettait de faire des photos envoyées aux donateurs pour les inciter à envoyer de l'argent pour ces pauvres enfants africains…

Des photos et l'enquête le prouvait sauf que les batiments servaient souvent de refuge aux trafiquants de la pire espèce.

Après tout, après guerre, les anciens nazis se réfugiaient aussi dans des institutions religieuses.

La directrice de l'orphelinat, vieille belle, était une ancienne prostituée notoire se faisant désormais passer pour « la Mère Theresa africaine » !

Ce qui a permis à Simon de plaider que justement « Mère Thérésa » (anciennement « Madame Poupina ») avait été engagée après sa rémission pour chasser ces mauvais moments de sa vie !

Cet orphelinat constituait en fait une formidable machine à laver l'argent récolté des donateurs vers les banques offshores au profit des deux avocats véreux.

L'abus de confiance n'a pu être prouvé par le Parquet, même si les dons pour le faire fonctionner servaient plus aux dépenses somptuaires qu'au fonctionnement de l'institution.

Au surplus les nombreux virements faits dans des paradis fiscaux se heurtaient au secret bancaire.

Quelle opacité ! Quel talent pour y arriver !

La comptabilité de l'ONG utilisée pour l'opération montrait certes des faiblesses au regard du droit camerounais applicable à la gestion de l'orphelinat.

Mais les astuces trouvées par les deux comparses étaient assez bien ficelées pour qu'existent au dossier des bilans certifiés par des Commissaires aux comptes locaux tous dévoués et en plus bien sur déposés au Greffe du Tribunal de Yaoundé.

Le Greffier ?

Un intime de Simon qui roulait en Mercedes de luxe incompatible avec ses revenus, toujours en bonne compagnie féminine dans les réceptions officielles du gratin de la capitale du Cameroun.

Y compris diplomatique.

On y voyait même l'Ambassadeur de France et le Nonce apostolique du Vatican.

C'est tout dire…

Il n'y pas que dans les films sur la mafia sicilienne qu'on voit des voyous élégants frayer dans les réceptions officielles avec les représentants du Saint siège.

Le mélange des gangsters distingués et des personnalités politiques et officielles, c'est toujours très bon pour arranger les affaires louches.

Et les virements dans les paradis fiscaux pris sur le compte de l'orphelinat, direz-vous ?

Il doit bien en avoir la trace quelque part !

Simon expliqua qu'il n'était pas au courant de la finalité des détournements, qu'un comptable de l'orphelinat en était responsable et avait été renvoyé.

Simon avait d'ailleurs déposé plainte contre celui-ci deant la Justice camerounaise, mais il s'était enfui…

Avec les livres comptables en effaçant les écritures comptables de l'ordinateur.

Rien à faire pour retrouver une quelconque clé USB…

Simon pouvait habilement soutenir qu'il avait été empêché de retrouver la trace du comptable indélicat en raison de son incarcération, l'affaire étant entre les mains de l'administrateur judiciaire camerounais de l'orphelinat auquel il fallait s'adresser…

L'enquête locale par la police camerounaise sur commission rogatoire internationale du Juge d'instruction français n'avait rien donné, on le sait.

Une sorte d'omerta africaine bien venue surement..

Ces histoires racontées, arrangées, simplifiées et amplifiées par Simon en prison réjouissaient les détenus et renforçaient sa réputation.

Bien sur il ne disait pas tout !

En prison on l'appelait « le filou du droit »…

Au début de l'histoire justement il donne une consultation à un ancien Maire d'un DOM-TOM, incarcéré pour délit de corruption.

Toucher des commissions occultes par une entreprise de travaux publics sur la réalisation de rondpoints (au surplus inutiles) dans sa commune dont il est le maire en exercice ne plait pas du tout aux Magistrats instructeurs et encore moins aux Juges correctionnels…

Là au moins on avait retrouvé trace des commissions en faisant le rapprochement avec les dépenses somptuaires du maire incompatibles avec son indemnité de fonction peu élevée.

Simon lui a expliqué comment plaider car il a trouvé un moyen de droit imparable.

Il fallait d'abord demander la récusation du Président du Tribunal qui avait déclaré dans la presse qu'un Maire « devait être encore plus condamné sévèrement qu'un prévenu ordinaire », ce qui se conçoit pour le citoyen de base.

Mais pas dans la bouche ou sous la plume d'un Magistrat qui va juger l'affaire! C'est un cas de Cassation du Jugement!

C'est comme si un Jugement sévère était déjà écrit! Comme si l'affaire était préjugée et de façon partiale.

De quoi débarquer le président du Tribunal qui ne pouvait plus juger…

Ensuite on était plus sur d'une relative clémence du Tribunal apeuré par tant d'agressivité juridique.

Simon s'occupait par ailleurs de la bibliothèque de la prison. Il avait constitué une bibliothèque de Droit ce qui lui permettait de se tenir toujours au courant des dernières jurisprudences.

On se demandait ce que venait faire dans cette bibliothèque de prison un traité de droit international en anglais sur les comptes offshores des paradis fiscaux mais la direction fermait les yeux… et souriait…

Il réfléchissait aussi à se venger des Juges qui l'avaient condamné alors qu'il plaidait la relaxe faute de preuves.

Quel culot!

Aucune moralité ne le touche dirait-on…

La déontologie professionnelle non plus ce qui revient au même.

A sa sortie de prison, après avoir purgé sa peine de trois ans, réduite à deux ans pour bonne conduite, il fut regretté par les détenus et les gardiens.

Il fut d'ailleurs applaudi à sa sortie avec des encouragements des détenus qui lui firent une bronca d'honneur depuis leur cellule !

« Et maintenant à moi la liberté ! »

Il a quand même fait deux ans de prison car il a porté le chapeau de cette escroquerie, laissant son associé Cody profiter de la vie sans être inquiété.

C'était le deal de départ mais maintenant il allait réclamer son dû convenu !

Sur le magot de l'ONG caché dans les paradis fiscaux…

Sur sa « commission de détenu ».

Il repris au Greffe de la prison tout ce qu'il avait déposé à son entrée : Papiers d'identité, portable, une belle liasse d'argent liquide (constituée pour la plupart de faux billets d'ailleurs. Le Cameroun en regorge. Un faux billet de 100 euros s'y achète 15 euros.)

Quand il y était pour le montage de l'affaire du faux orphelinat, Simon connaissait les circuits de faux monnayeurs locaux qui étaient de talent d'ailleurs.

Il avait envie de mener la grande vie comme avant.

Quand on y a pris goût !

En sortant de la prison il alla au bistro en face de celle-ci, laissant d'ailleurs un faux billet pour payer une coupe de champagne et appelant une limousine en location avec chauffeur qui l'emmèna tout droit à l'Hôtel Ritz, place Vendôme.

Il allait s'occuper de l'essentiel auquel il a sans cesse pensé pendant sa détention : l'argent détourné qu'il va récupérer avec son ancien associé Cody.

Et refaire des affaires.

Il y a bien un pays dans lequel un Barreau local pourra lui redonner le titre d'Avocat pour mieux continuer son business.

Cela ne manque pas.

Pourquoi pas l'Azerbaidjan par exemple…

HOTEL RITZ A PARIS

Simon y est manifestement connu.

Il a fait réserver de la prison une suite, on ne sait trop comment.

Un gardien qui lui était fidèle sans doute…

Il laisse des pourboires au personnel de l'hotel, donnant des vrais billets conservant les faux.

Il monte dans sa suite et commande le meilleur champagne et une prostituée de luxe par l'intermédiaire du concierge de l'Hôtel.

Il donne des faux billets à la fille en rémunération de ses charmes.

Il prend un bain, fume un cigare et téléphone à son associé Cody pour lui donner rendez-vous.

Au téléphone Cody, d'abord étonné, se montre grossier et refuse de lui donner son dû.

« Le fric est planqué mon petit bonhomme et tu sais bien que tu ne pourras pas le retrouver. Les banques offshore ne parlent pas. Et de toutes façons j'ai beaucoup dépensé et va te faire voir… ».

C'est la guerre déclarée entre les deux associés.

En essayant de le rappeler, il tombe sur une messagerie en langue chinoise.

Simon téléphone aussitot à un ami de toujours qui travaille aux renseignements généraux pour localiser l'appel.

En contrepartie il lui promet des consultations gratuites sur son divorce difficile.

« Il y a tout de même en jeu un pavillon acquis sous le régime de la communauté à Aulnay sous bois à vendre malgré l'opposition de madame » lui dit son ami…

Il peut localiser l'appel de Cody à SINGAPOUR.

Simon téléphone à deux amis asiatiques de la triade du quartier chinois de Paris qui viennent lui rendre visite dans sa suite.

Il leur donne une grosse liasse de vrais et faux billets (ces derniers pour les faux frais) et leur demande de se rendre à SINGAPOUR en vue de rechercher Cody et de lui faire signer un ordre de virement du magot sur une Banque du LIECHTENSTEIN dans laquelle Simon a un compte en banque.

SINGAPOUR

Les deux asiatiques savent que Cody mène grand train de vie.

Ils mènent leur enquête sur place : dans les golfs, restaurants luxueux, casinos, boites de nuit à la mode et dans les trois palaces de SINGAPOUR dans lesquels ils se renseignent pour connaître les français résidents.

Leur appartenance à la triade française leur permet des relais efficaces de la triade locale qui gangrène les pays asiatiques.

Souvent au surplus aux cotés du pouvoir en place.

Simon le sait bien quand il y a traité des affaires avec son aide, même en Chine.

A force de pourboires avec les faux euros qu'ils ont changé en monnaie locale dans la rue et des pires menaces auprès du personnel apeuré par les triades, ils réussissent à localiser Cody dans une suite de l'hotel MANDARIN ORIENTAL.

Alors qu'ils sont assis dans le lobby du palace en attendant qu'il arrive, ils voient passer une créature superbe munie de paquets HERMES et DIOR dont ils se doutent qu'elle est la maîtresse de Cody.

Elle est en effet la seule européenne ayant de l'allure au milieu des touristes ou d'une flopée d'hommes d'affaires asiatiques et des prostituées de luxe habituelles des grands hotels.

On dira ce qu'on veut de Cody, mais il a de l'allure avec ses costumes sur mesure et il ne traine pas avec des bombasses.

Ses relations féminines, c'est le genre couverture du magazine VOGUE plutôt qu'une prostituée de Bangkok, aussi belle soit elle.

Par subterfuge, c'est-à-dire en se faisant passer pour du personnel de l'hotel, les deux asiatiques engagés par Simon rentrent dans la suite avec un passe acheté à un employé véreux, correspondant de la triade dans l'hotel, qui leur confirme que la chambre est bien celle de Cody.

Ils ligotent la fille et attendent Cody.

Quand celui-ci entre dans sa suite, il a tout de suite compris…

Sous menaces de torture raffinée, les deux asiatiques obtiennent un ordre de virement qu'ils font signer à Cody pour 35 millions de dollars.

L'ordre de virement est mailé immédiatement au Ritz à Paris à Simon qui le maile immédiatement lui-même à la

Banque du LIECHTENSTEIN dans laquelle il dispose d'un compte numéroté.

Cody est séquestré 48 heures dans la chambre du palace avec sa petite amie, en attendant la bonne finalité de l'opération financière.

L'original du virement signé par Cody a été en effet immédiatement envoyé à la Banque du LIECHTENSTEIN par avion spécial de FEDERAL EXPRESS.

Cody et sa petite amie seront endormis avec un puissant sédatif et les deux asiatiques se volatiliseront avec mission accomplie.

Simon a ainsi récupéré ses 35 millions de dollars.

Cody se reveillera le lendemain dans sa suite pour constater l'étendue des dégats :

35 millions de dollars perdus ayant déjà surement quitté la banque du LIECHSTENTEIN pour DUBAI, LES BAHAMAS ou autre paradis fiscal.

Simon s'y connait pour brouiller les pistes de l'argent viré dans des banques peu regardantes sur l'origine des fonds !

Simon les connait toutes et sait l'opacité des transactions multiples surtout éclatées de par le monde : C'est son métier comme celui de Cody et celui-ci enrage d'autant plus !

« Fuck, fuck, fuck ! » s'exclame-t-il dans sa suite avec vue sur la mer de Chine et sa petite amie en pleurs.

Finis pour elle DIOR, HERMES et CARTIER ?

Toute l'energie de Cody va être mise à la récupération l'argent mais cela risque d'être peine perdue.

Que faire avec Simon ?

La paix ?

Difficile après ce qu'il se sont fait.

La guerre ?

Oui sans doute…

« Fuck, fuck, fuck ! » s'exclame-t-il à nouveau dans les couloirs de l'hotel devant le personnel médusé…

Et il congédie la jolie fille et lui disant de se taire.

HOTEL RITZ A PARIS

Depuis sa sortie de prison et tout en s'occupant avec ses amis asiatiques de son ancien associé, Simon n'a pas chômé.

Il a récupéré son argent et sait très bien le gérer en toute discrétion dans le monde entier.

Il saupoudre partout : en ISRAEL, en FLORIDE grace à des amis dans la restauration qui savent blanchir l'argent, dans ILES CAIMAN, au BELIZE et à ANGUILLA dans les Caraibes.

Un peu à ANDORRE pour l'Europe.

Il dispose évidemment de cartes de crédit que les banques lui envoient afin qu'il puisse dépenser ce qu'il veut.

Qui va de toutes façons rechercher la Société du BELIZE qu'il contrôle et qu'il a appelé « FUEL DISTRIB » ?

Les factures de restaurants luxueux parisiens, londoniens ou ailleurs dans le monde ou de chambres de palaces, les costumes chics sont payés par ses cartes de crédit au nom de la Société FUEL DISTRIB.

Au BELIZE, le secret bancaire et des affaires est total.

Personne ne sait qui est derrière « FUEL DISTRIB » et personne ne le saura jamais, même les meilleurs limiers de Bercy…

Pour l'instant il multiplie les rencontres au bar du Ritz avec des hommes d'affaires tous affublés de lunettes noires.

Il remonte ses réseaux d'affaires, notamment à BAKOU en AZERBAIDJAN.

Il va imaginer ce qu'on appelle une « escroquerie au Jugement »

Avec le concours d'une jolie Avocate américaine représentant des intérêts pétroliers texans, il monte une opération juridique de construction d'un pipeline entre BAKOU (Azerbaidjan) et ISTANBUL avec la caution morale de l'Ambassadeur de France en Turquie qu'il connaît.

Dans les affaires, la présence d'un Ambassadeur rassure les parties contractantes, notamment en l'espèce une très importante entreprise de construction française et son sous traitant turc.

Le contrat doit être signé entre une entreprise de production de pétrole à BAKOU, cliente de Simon et une entreprise texane représentée par la jolie avocate américaine très sexy qu'il connait bien, très bien même…

Le contrat est « tripartite », c'est-à-dire qu'il est également signé par une société française de construction représentée par un avocat français sans envergure.

Pour la bonne efficacité de l'opération, Simon s'est préalablement inscrit en qualité d'avocat au Barreau de BAKOU, peu regardant sur son passé en France.

Encore des combines dont il a le secret un peu partout dans le monde…

Depuis que les phéniciens ont inventé l'argent, décidément tout marche avec cela…

L'entreprise de construction française est associée à la fraude puisqu'il est secrètement question qu'elle déroute du pétrole de BAKOU vers la GRECE où il sera revendu sur le marché libre.

Avec la complicité d'armateurs grecs qui le transporteront du PIREE vers l'IRAN en violation des règles internationales sur l'embargo américain.

Un petit dériveur de conduites dans le pipeline et le tour sera joué.

Et hop !

Un peu de pétrole ouzbèque parti chez les mollahs iraniens qui payent à un cours du brut au-dessus du marché tant ils en ont besoin en raison de l'embargo américain…
Avec un paiement à MALTE…

Pour l'instant cette entreprise de travaux publics française reste taisante.

C'est d'ailleurs pourquoi son avocat un peu falot n'intervient pas dans les discussions…

La belle avocate américaine, très compétente dans les discussions, est aussi escroc que Simon et ils se sont entendus préalablement pour truquer les contrats, les miner de clauses léonines et scabreuses en réalité pour faire capoter l'affaire.

Le charme si français de Simon sur les américaines est irrésistible sans doute…

On le comprend d'ailleurs par les œillades que lui fait l'avocate américaine qui ne se gêne pas pour lui faire du pied sous la table…

L'idée de Simon et de sa consoeur américaine est donc de faire capoter l'affaire en vue ensuite de plaider tous deux devant une Cour Internationale d'Arbitrage de GENEVE afin de réclamer, pour chacune des parties qui se sent lésée, des dommages intérêts considérables pour rupture de ce contrat de 100 millions de dollars.

Une affaire très prometteuse en futurs honoraires.

Il est en effet secrètement convenu entre les deux avocats que la société pétrolière azerbaidjanaise de BAKOU perdra son procès et devra payer des dommages-intérêts considérables aux américains.

L'entreprise de construction française qui ne connait pas cette combine frauduleuse réclamera sûrement également des dommages intérêts mais peu importe.

Elle fera plaider son petit avocat qui sera content d'aller à Genève et ramènera du chocolat à sa petite famille.

Comme les honoraires des avocats américains sont fondés sur les dommages-intérêts obtenus, la pactole sera conséquent.

Des honoraires faramineux seront pris par l'avocate texane qui gagnera son procès car tout a été arrangé dans les contrats avec Simon pour que l'affaire soit défavorable aux azerbaijanais qui sont pourtant ses clients et les honoraires seront partagés, ce qui est évidemment interdit par les règles régissant la profession d'avocat...

Rendez-vous est pris à ISTANBUL pour la signature des contrats.

HOTEL SHERATON A ISTANBUL

Dans un salon particulier avec vue splendide sur le Bosphore sont réunis les parties contractantes intéressées à la construction du pipe line BAKOU ISTANBUL et leurs avocats.

Simon représente les azerbaidjanais, sa consoeur américaine assiste la société pétrolière texane et la société française de construction est aux cotés de son avocat peu avenant.

Un petit bonhomme à lunettes qui ne dit rien.

Sont autour de la table ceux qui étaient donc au bar de l'hôtel Ritz la semaine passée, plus l'Ambassadeur de France en Turquie qui cautionne l'intervention de l'importante société de construction française.

Au surplus, cerise sur le gateau, cette entreprise a été amenée sur cette affaire par Simon !

Encore des honoraires payés à Simon on ne sait où…

On assiste au bal des faux culs.

L'Ambassadeur fait un discours très diplomatique, se félicitant qu'une entreprise française soit ainsi choisie et non des moindres pour réaliser les travaux.

Personne n'est dupe, sourires en coins, chacun se demandant quel sera le prix de cette intervention et dans quel paradis fiscal l'Ambassadeur recevra sa commission…

Tout le monde cherche à s'escroquer mais les contrats sont signés sauf que Simon conseille à son client vendeur du pétrole de ne pas parapher certaines pages des contrats.

Tandis que l'Avocate américaine représentant les intérêts texans conseille à son client d'effectuer une rature dans le contrat laquelle ne sera pas approuvée par un paraphe final et sera donc nulle.

Un oubli capital.

Il s'agit d'un passage essentiel du contrat.

Les deux Avocats se sont ainsi réservés la possibilité de plaider devant les instances internationales la nullité de ce contrat et des dommages-intérêts pour rupture préjudiciable.

On sait qu'ils se sont donc d'ailleurs entendu préalablement pour partager les honoraires de plaidoiries devant le Tribunal Arbitral International.

Ce qui est une fraude déontologique grave au regard des règles des Barreaux et une véritable escroquerie au Jugement pénalement répréhensible.

Un ange de la justice passe, les ailes chargées de pétrole…

La partie azerbaidjanaise fait des chèques en dollars au titre du contrat, dont un chèque important au titre des honoraires de Simon sur une Banque de BAKOU.

Il fait contrôler immédiatement par SMS la validité du chèque par sa Banque américaine de FLORIDE qui lui conseille de mettre le chèque en Banque sous 24H en raison de risque de faillite de la banque azerbaidjanaise.

Il n'en dit pas un mot à l'assistance.

Les chèques faits par les azerbaidjanais risquent de ne pas être honorés si leur banque fait faillite !

En partant, dans le couloir, Simon donne rendez-vous à l'entrepreneur de travaux publics à BRAZZAVILLE au CONGO pour une autre affaire dont il entretient également l'Ambassadeur de France pour lui demander les coordonnées de son collègue à BRAZZAVILLE.

A l'écart, rendez vous est pris entre Simon et l'Avocate américaine :

« A bientot à Genève à la Cour d'arbitrage international. On reservera tous les deux une suite à l'hotel MANDARIN INTERNATIONAL avec vue sur le Rhone ! »

Tout le monde se quitte sur acolades.
Et voilà que…

En partant d'ISTANBUL, dans l'aéroport, Simon tombe sur Cody et une superbe fille noire à ses cotés, très bijoutée avec des paquets VUITTON à la main.

Après échange de coups sous les yeux des voyageurs médusés, Simon et Cody semblent se réconcilier d'autant plus que la fille noire qui s'interpose dans la bagarre est la nièce du Maire de BRAZZAVILLE.

« Salaud… »

« Fuck you… »

« Arrétez, vous êtes fous… »

Etc…

La fille noire réussit à calmer les esprits ainsi que la police de l'aéroport venue à la rescousse.

La fille suggère une nouvelle affaire juteuse commune à BRAZZAVILLE au lieu de se pourchasser dans le monde entier de palaces en palaces…

Simon et Cody écoutent la fille, se réconcilient apparemment, décident de rater leur avion et vont boire un verre au HILTON de l'aéroport.

Ils vont se réassocier pour une belle opération africaine, que leur explique la jolie noire !

Cody laisse entendre qu'il connaît les dessous de l'affaire du pipeline BAKOU-ISTANBUL.

A l'époque de leur association à Paris ils ont partagé comme client l'entrepreneur français de travaux publics, ce qui laisse Simon songeur.

Des choses auraient fuité ? Par qui ?

Cette entreprise ?

L'avocat sans envergure de la société française de travaux publics ou celle-ci ?

Des micros cachés dans sa chambre d'hotel au Sheraton d'Istanbul quand il a passé la nuit avec sa consoeur américaine et qu'ils ont arrangé les contrats ?

Comment Cody peut-il connaitre toute l'histoire du pipeline ?

Quel marigot sordide !

La fille congolaise dit à Simon qu'elle a une sœur jumelle qui vit entre Brazzaville et New York ce qui là aussi laisse celui-ci songeur.

On se sépare dans les accolades chaleureuses, Simon et Cody referont les comptes occultes de l'orphelinat pour se mettre à niveau des accords pris avant la prison de Simon.

On retrouvera le comptable de l'orphelinat de Yaoundé qui avait « disparu » et il refera la comptabilité occulte moyennant une bonne commission très confortable.

« On va refaire des affaires ensemble et on sait les faire ensemble ! »

DANS LA BROUSSE AU CONGO

Dans un merveilleux lodge à la tombée de la nuit, Simon, Cody et… les jumelles noires prennent un verre.

Les deux anciens ennemis réconciliés se concertent en vue du rendez-vous d'affaires du lendemain au siège de l'entreprise de pétrole nationale congolaise à BRAZZAVILLE.

On se doute que les sœurs jumelles sortent avec Simon et Cody…

Voilà donc les deux compères réconciliés au bras chacun d'une des belles jumelles congolaises !

Il est aussi question de la construction d'un nouvel hotel 5 étoiles à BRAZZAVILLE.

Deux affaires africaines juteuses en perspective !

Pétrole et hotel : Deux secteurs économiques juteux !

Simon qui n'oublie pas son passage en prison par suite d'un Jugement de condamnation qu'il a toujours trouvé inique s'isole quelques instants.

Il téléphone à ses deux amis acolytes asiatiques à Paris en leur donnant des instructions très précises que l'on comprend vaguement à propos du sort à réserver à une Présidente du Tribunal Correctionnel ainsi qu'à un Juge d'Instruction.

A PARIS

Simon pense qu'il est temps maintenant de se venger de la Présidente du Tribunal qui l'a condamné et du Juge d'Instruction qui l'a laissé croupir 12 mois en prison pendant l'instruction de son affaire.

Pas question de violences physiques réservées aux truands pour leurs règlements de comptes, mais une bonne leçon aux Magistrats ne fera pas de mal.

Il fait suivre la Présidente du Tribunal par les deux acolytes asiatiques.

Ils la suivent jusqu'à son appartement bourgeois puis ils sonnent et lui lancent une tarte à la crème à la figure.

La presse s'en mèle le lendemain et se moque!

La Présidente fait déclencher une enquête par son mari Procureur Général à la Cour d'Appel.

Sans suite.

On n'a même pas pu identifier le boulanger qui a vendu la tarte à la crème qui a pu être cuisinée n'importe où par n'importe qui…

Pas d'empreintes, pas d'ADN, pas de témoins occulaires dit la police judiciaire au Procureur Général…

Mais Simon n'a pas encore assouvi sa rancœur contre la Justice qui l'a tracassé.

Le Juge d'Instruction est quant à lui suivi par les deux asiatiques jusqu'à proximité de son appartement de banlieue.

Dans un endroit désert les deux asiatiques le déshabillent, l'enchaînent à une grille de parc en lui mettant un écriteau : « responsable d'une erreur judiciaire : « Juge d'Instruction méchant et incompétent ».

La presse se déchaine et raille à nouveau la Justice qui se ridiculise…

Qui a bien pu faire cela et pour quoi ?

Le Procureur Général à la Cour d'Appel, mari de la Présidente, fait le rapprochement des deux affaires car il a recherché dans quelle affaire commune la Présidente du Tribunal et le Juge d'instruction ont travaillé.

Il se doute que Simon est donc derrière ces mauvaises farces mais que faire faute de preuves ?

Pas d'empreintes digitales, pas d'ADN, pas de témoins oculaires lui dit à nouveau la police judiciaire…

Simon qui lit sur son portable depuis le Congo la presse française se régale…

Cody aussi…

SUR UN CHANTIER DE CONSTRUCTION A BRAZZAVILLE (CONGO)

Tout le monde est sur le chantier avec des casques jaunes sur la tête et regarde les plans d'un futur hôtel 4 étoiles : Simon, Cody et des cadres congolais.

Le Maire de BRAZZAVILLE est présent.

L'entrepreneur de construction français, celui qui devait réaliser le chantier du pipeline BAKOU ISTAMBUL (!) est également présent.

Il est assisté d'une superbe norvégienne, ingénieur en mécanique des sols, dont la blondeur et la robe rouge fait tache au milieu des ingénieurs noirs et des casques jaunes.

Elle est d'une compétence technique remarquable et fait l'admiration de tous.

Tout le monde s'éponge en l'écoutant. La chaleur sans doute…

Les discussions tournent autour d'un casino adjoint à l'hôtel.

La discussion sur la corruption des uns et des autres est assez hermétique mais elle permet de comprendre les dessous de table versés aux uns et aux autres.

On comprend à demi mots l'installation d'un double système de facturation des chambres d'hôtel par cartes bancaires des clients, avec une comptabilité occulte laissant 10 % des recettes dans une banque des Iles VIERGES aux Caraïbes.

A qui ira l'argent détourné ? Mystère…

Tout le monde doit toucher !

Le Maire, le Chef d'Etat congolais et l'Ambassadeur de France qui cautionne une aide financière de la France dite « de la coopération » pour la construction de l'hôtel par une entreprise française par un crédit « COFACE ».

Ce monde est décidément d'une pourriture…

La jolie Norvégienne ne participe pas à ces discussions assez hermétiques et pleines de sous-entendus et prend des notes plus loin sur le chantier.

Cody s'intéresse à la jeune femme et discute avec elle.

Il en tombera manifestement rapidement amoureux et elle ne restera pas insensible…

Il l'invite à dîner.

Tant pis pour la belle jumelle congolaise mise sur la touche…

RESTAURANT SUR LE FLEUVE CONGO A BRAZZAVILLE

Tête à tête entre Cody et la jolie Norvégienne.

Discussions pleines de sous entendus.

La fille connaît manifestement les dessous de l'affaire de BAKOU qu'elle raconte à Cody !

Elle révèle être la consultante internationale travaillant habituellement avec le constructeur de travaux publics français amené par Simon sur le chantier BAKOU IS-TANBUL et le chantier de BRAZZAVILLE.

Elle a d'ailleurs été sans doute la maîtresse de l'entrepreneur français.

L'affaire d'arbitrage à Genève entre l'entreprise de pétrole de BAKOU et l'entreprise texane dans laquelle l'entreprise de construction française a fait valoir ses droits à dommages-intérêts pour rupture du contrat s'est enlisée.

Elle se passe très mal et les ouzbkeks sont furieux.

Ils veulent envoyer la mafia ouzbek à la poursuite de Simon, ce qui a l'air d'affecter Cody.

La belle norvégienne aussi a participé à des opérations frauduleuses qu'elle raconte :

A propos des résolutions de l'ONU sur l'IRAK « pétrole contre nourriture » qui ont fait l'objet d'escroqueries permettant la revente par les Irakiens de pétrole à des groupes texans américains.

Cody recoupe les informations de la jeune femme avec les siennes ce qui créé un climat de complicité.

On s'amuse bien.

Objet final de la discussion ?

Comment désormais contourner les sanctions américaines de l'embargo contre CUBA, l'IRAN et la LIBYE résultant des Lois HELMS-BURTON et AMATO-KENNEDY ?

Manifestement Cody est sous le charme.

La belle norvégienne lui révèle qu'elle sait tout de lui, y compris sur l'escroquerie à la charité au Cameroun avec son ex associé dont elle lui demande d'ailleurs de se méfier.

Elle lui révèle en effet que Simon l'a approchée pour le trahir car il s'apprête à le faire emprisonner à BRAZZAVILLE pour tentative de corruption.

Le maire témoignera contre lui!

Les prisons camerounaises, ce n'est pas la prison de la santé à PARIS…

Et Simon restera ainsi seul maitre du jeu.

Elle sait (manifestement par confidences sur l'oreiller) que Simon conseille la Mairie de BRAZZAVILLE à propos d'une association avec le NIGERIA regorgeant de pétrole dont les fonctionnaires sont de gens de la même ethnie que le maire de BRAZZAVILLE.

Ce pétrole devient extrêmement convoité sur la planète car les Américains ne croient plus au pétrole saoudien qui à terme sera sous la coupe des islamistes.

La discussion tourne à la géo politique.

La jolie Norvégienne finit par convaincre Cody qu'il est inutile de continuer les escroqueries devenues périlleuses.

Il est au bord des prisons camerounaises.

Elle a elle-même amassé suffisamment d'argent pour arrêter et elle conseille à Cody de faire de même.

« Fuck, fuck, fuck! » s'exclame Cody…

LA MAISON DE LA NORVEGIENNE SUR LE FLEUVE CONGO

Alors que Simon, seul sur la magnifique terrasse de la maison de la belle norvégienne, boit un verre au coucher de soleil, il lui revient tous les flashbacks de sa vie.

On comprend que la jolie norvégienne n'est pas non plus restée insensible aux charmes de Simon puisqu'il se retrouve chez elle !

Celui-ci se souvient :

Sa prestation de serment, jeune Avocat au Palais de justice, où il jure exercer sa profession « avec probité » en compagnie de Cody

Le Conseil de l'Ordre des Avocats où il est radié

L'audience de Jugement de son affaire au Tribunal correctionnel

La prison de la santé

L'Hôtel SHERATON à ISTAMBUL

L'entreprise pétrolière à BAKOU

La jeune et jolie avocate américaine et les deux jumelles noires

etc…

Il remarque en contrebas de la maison un groupe d'enfants noirs sur la plage et ils voient que ceux-ci discutent déjà à leur age « affaires » entre eux.

Déjà le business !

La Norvégienne sort de sa maison plus sexy que jamais et va le rejoindre sur la terrasse :

« Simon : Stop ! Tant qu'il est temps » plaide-t-elle.

Elle lui tend un projet de lettre de démission, destinée au Maire de BRAZZAVILLE sur les affaires du pétrole et de l'hotel.

Et coup de théatre :

Elle lui remet une même lettre de démission signée par Cody.

Il n'y croit pas une seconde !

Cody arrive subrepticement sur la terrasse avec une des jumelles noires, deux verres de whisky à la main.

Il confirme son abandon des affaires congolaises.

L'affaire d'arbitrage à Genève qu'il connait s'est terminée par une transaction dont les parties sont contentes.

L'affaire tournait mal.

La jolie avocate américaine gardera ses honoraires.

Cody annonce qu'il va se marier avec la jumelle congolaise.

Il invitera la norvégienne comme témoin du mariage.

Simon sera son autre témoin.

Il se retirera des affaires dans sa magnifique maison sur l'océan à Malibu en Californie.

Ils mettent fin à leur association et se jurent amitié pour toujours.

Tout du moins, on le croit…

Quelques années plus tard…

L'histoire se termine sur les deux hommes de main asiatiques de Simon à Paris.

Il suivent l'entrepreneur français de construction qui a sans doute trahi Simon.

On n'en sait pas plus.

On ne sait pas ce qu'il va devenir.

Simon est invité au mariage de son ancien associé avec l'une des jumelles noires nièce du Maire de BRAZZAVILLE.

Le mariage a lieu dans l'hotel 5 étoiles finalement construit à BRAZZAVILLE avec la présence du Maire et de l'Ambassadeur de France plus le Nonce apostolique africain du Vatican…

La jolie norvégienne est invitée, au bras d'un superbe homme d'affaires africain avec leurs enfants métis. Finie la liaison torride avec Simon…

On apprend que Simon a acheté une magnifique maison à BAKOU où il vit d'ailleurs avec l'une des sœurs jumelles congolaises et leurs enfants dans un luxe ostentatoire.

L'histoire se termine par un clin d'œil entre les deux associés au milieu des enfants métis des deux couples alors qu'ils discutent sur le rachat d'une concession de pêche en MAURITANIE que leur signale un avocat congolais qui est invité au mariage.

Ils n'écoutent pas d'un air attentif.

Ils se tournent alors vers la fenêtre de la salle de bal de l'hotel où ils se trouvent et ce dans une rue poussiéreuse de BRAZZAVILLE.

Ils voient les enfants congolais en guenilles qui se trouvaient en bas de la maison de la norvégienne quelques années auparavant.

L'un des enfants dit : « Je t'achète ton ballon et je te le paierai plus tard. Voici un acompte. » Une discussion a lieu sur le montant de l'acompte (quelques pièces misérables).

Les 2 enfants se mettent d'accord et le petit s'en va avec le ballon acheté.

Il tape dedans mais le ballon est crevé.

Il court après le petit vendeur en lui demandant de lui rendre les pièces mais le petit voleur s'enfuit dans les ruelles…

Et Simon et Cody disent ensemble : « Voilà où ça commence le business !... »

FIN

« Nous fûmes des lions et des guépards. Nous serons remplacés par des chacals et des hyènes. »

(GIULIO DI LAMPEDUSA,
LE GUEPARD)

Table des matières

AVERTISSEMENT	9
PROLOGUE	11
PRISON DE LA SANTE	16
HOTEL RITZ A PARIS	26
SINGAPOUR	28
HOTEL RITZ A PARIS	32
HOTEL SHERATON A ISTANBUL	38
DANS LA BROUSSE AU CONGO	44
A PARIS	45
SUR UN CHANTIER DE CONSTRUCTION A BRAZZAVILLE (CONGO)	47
RESTAURANT SUR LE FLEUVE CONGO A BRAZZAVILLE	49
LA MAISON DE LA NORVEGIENNE SUR LE FLEUVE CONGO	52
Quelques années plus tard…	55